그림아 놀자!

画儿画儿一起玩

动物篇

【韩】金州玲 著 陈明舒 译

CNS | 湖南美术出版社
全国百佳图书出版单位

图书在版编目（CIP）数据

画儿画儿一起玩．动物篇 / 金州玲著．—长沙 ：
湖南美术出版社，2014.5
ISBN 978-7-5356-6863-9
Ⅰ.①画… Ⅱ．①金… Ⅲ．①蜡笔画—绘画技法—少
儿读物 Ⅳ．①J216-49

中国版本图书馆CIP数据核字（2014）第100566号

画儿画儿一起玩·动物篇

出 版 人：李小山
著　　者：［韩］金州玲
译　　者：陈明舒
责任编辑：吴海恩　彭　英
助理编辑：熊　慧
装帧设计：徐　佳　谢　颖
责任校对：彭　慧
出版发行：湖南美术出版社
（长沙市东二环一段622号）
经　　销：湖南省新华书店
印　　刷：湖南天闻新华印务有限公司
开　　本：889 × 1194　1/16
印　　张：4
版　　次：2015年1月第1版第1次印刷
书　　号：ISBN 978-7-5356-6863-9
定　　价：20.00元

邮购联系：0731-84787105　邮编：410016
网址：http://www.arts-press.com/
电子邮箱：market@arts-press.com
如有倒装、破损、少页等印装质量问题，请与印刷厂联系斢换。
联系电话：0731-84363767

致孩子们

孩子们，大家好，我是金州玲老师，见到你们真是开心极了！

通过学习这本书，金老师要帮助大家运用绘画的语言来自由自在地表现自己的思想和情感。

如果大家不能跟金老师面对面地学习，那就请爸爸妈妈来帮你们一把吧！

首先呢，我们要学习各种动物和植物的画法，特别要学会分析梳理自己的想法。

然后呢，就是自由自在地用画笔来把自己的想法给画出来。

千万不要觉得画画很难哦，相信自己，谁都能够做得好。

跟千篇一律的临摹比起来，我们更加重视每个孩子不同的想法，通过画画把这些不同的想法表达出来，才会画出更加美丽的作品来。

好！咱们开始吧！

目录

动物的故事

绘画材料

画画的时候需要的各种各样的材料，说明如下：

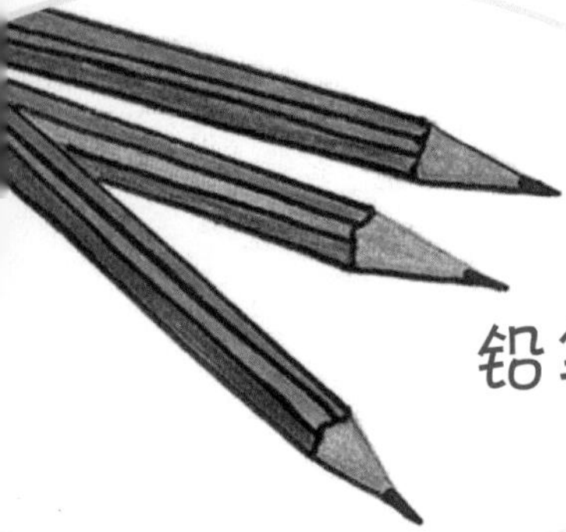

铅笔

一般用4B的铅笔或者2B的就行了。

最好使用美术专用橡皮擦，更柔软，擦得也干净。

橡皮擦

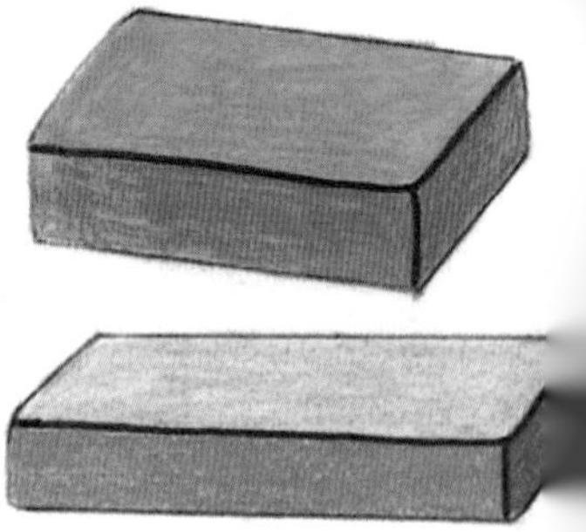

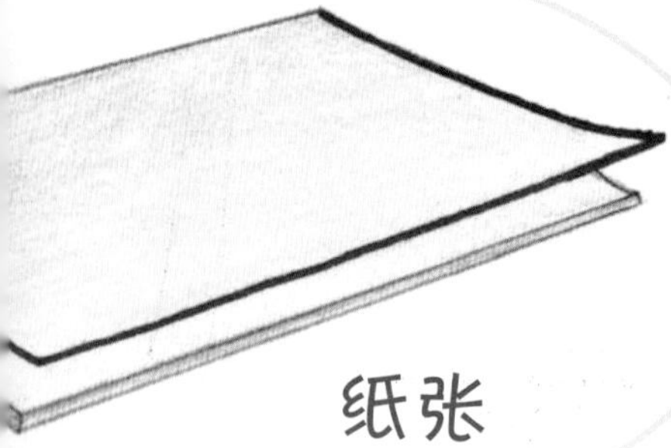

纸张

准备一个小小的速写本，因为小朋友们要表现的想法太多了，多到书上留的空白都会不够用的。

不一定要使用美术专用的水缸，只要能盛水的就行，一般就用右边画的那样的水缸就行。

小水缸

彩色铅笔

彩色铅笔的种类可多呢，有长得像普通铅笔模样儿的，也有比大家现在用的彩色铅笔更粗点儿的。其实什么样的铅笔都行，家里有的现成的彩色铅笔都要好好利用。

彩色颜料

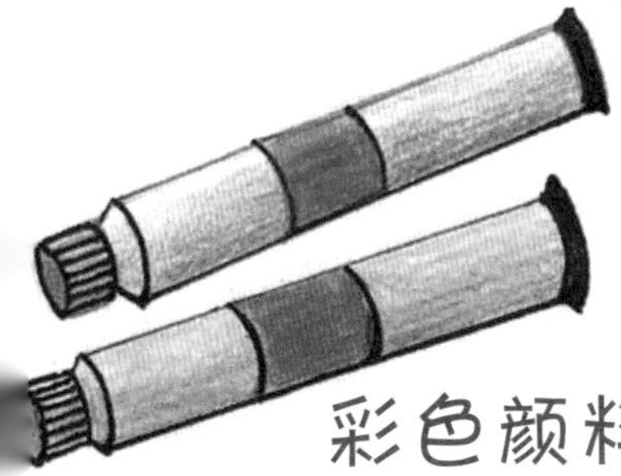

颜料得要有个18-24种颜色才行，调颜料的时候掺多点儿水颜色就会变淡，掺少点儿水颜色就会变得很浓。

调色板

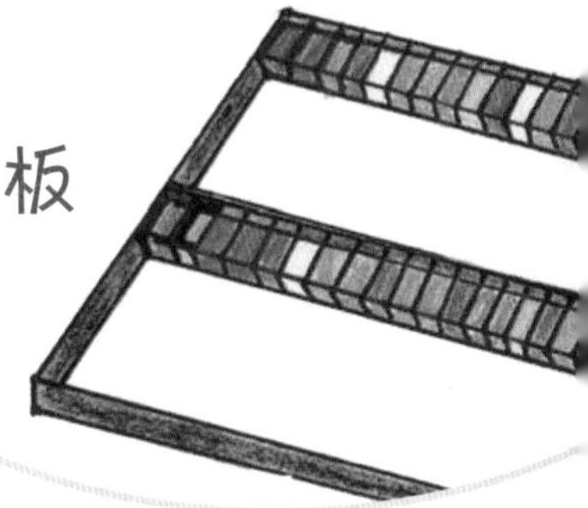

颜料要用得久还需要调色板。颜料挤出来放入调色板，即使干了以后也可以使用。

卷筒纸

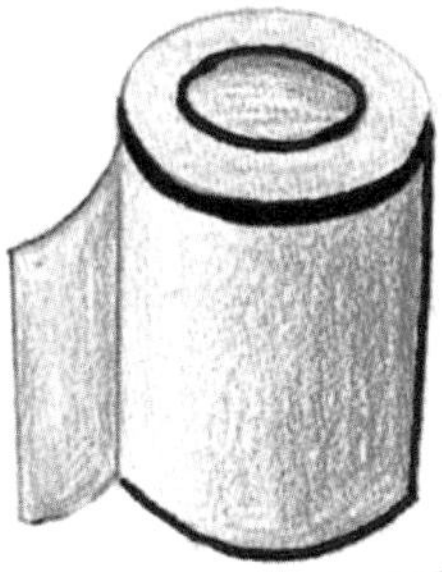

颜料有时候粘得到处都是，有时候还会不小心给洒出来，这时候就用得上卷筒纸了。

毛笔

用普通的圆形毛笔。扁平的毛笔可以用来刷大面积的浓彩，就好像画广告画那样。

物体表现法

如果太阳在左边，那么影子都会出现在右边。

离太阳越近的一侧使用的色彩越亮，而离太阳越远的一侧使用的颜色就越暗。

影子离物体越近呢，变得很暗的颜色又会亮起来。

相反，太阳在右边，那么影子就会出现在物体的左边。靠近太阳的一侧就会越来越明亮，而离太阳越远的一侧呢就会越来越暗。看明白了吗？

要点：

想一想太阳升起来的时候小朋友们的影子会出现在哪一边呢？这些原理都是相通的。

彩色铅笔的使用方法

1. 先画浅色再画深色。
2. 画轮廓的时候用一般的铅笔或者浅色铅笔来画。
3. 用彩色铅笔上色之前要先在速写本上练习练习，要学会密密地均匀地涂画上色，笔触之间不要留空白。
4. 画草稿的顺序是先用浅色画，再用深色来画，然后还要用黑色来画眼睛、鼻子、嘴巴等重要部位，这样一来画儿才会变得更加鲜明。
5. 底色用彩色铅笔画虽然也不错，但用颜料来涂画就会更加均匀好看。

调色知识

色盘

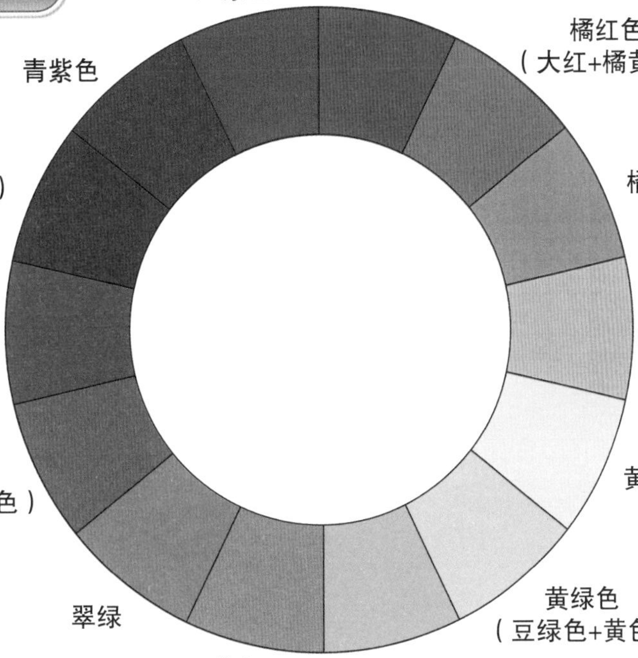

调色

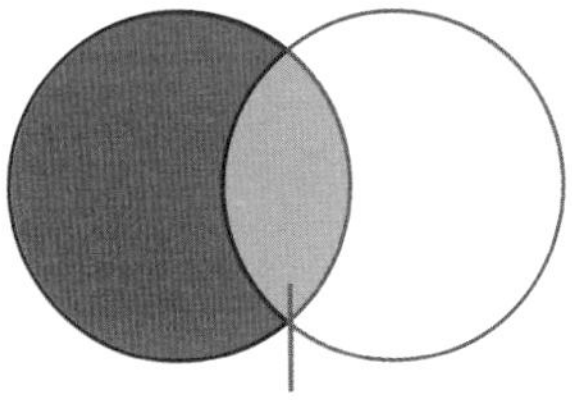

红色+白色 ➡ 粉红色

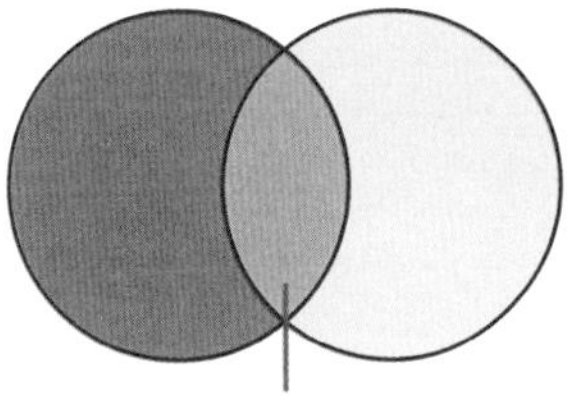

橘黄色+黄色 ➡ 中黄色

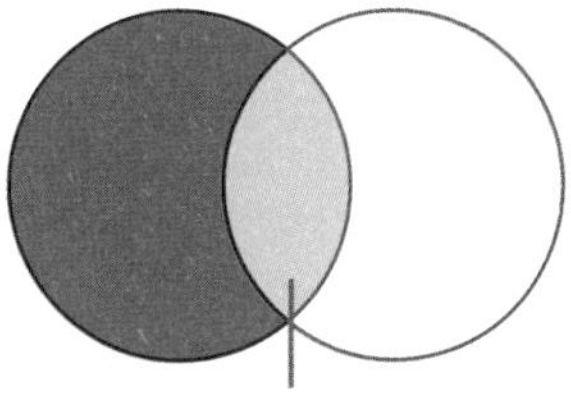

蓝色+白色 ➡ 天蓝色

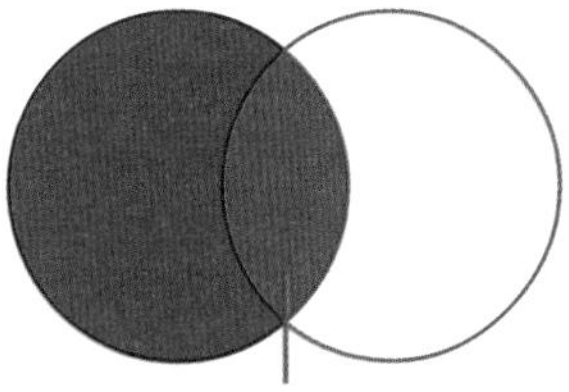

紫色+白色 ➡ 浅紫色

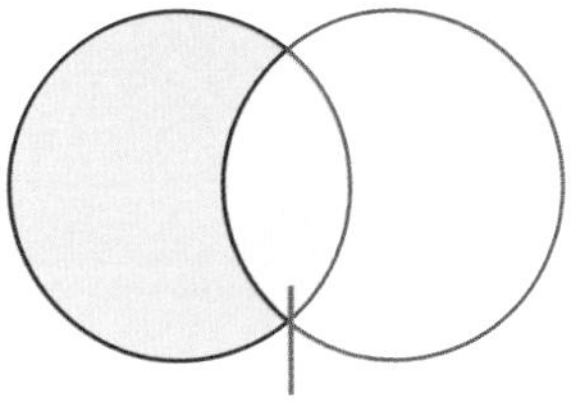

黄色+白色 ➡ 象牙色

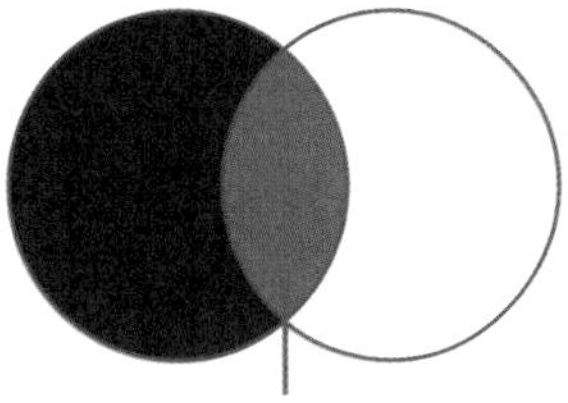

黑色+白色 ➡ 灰色

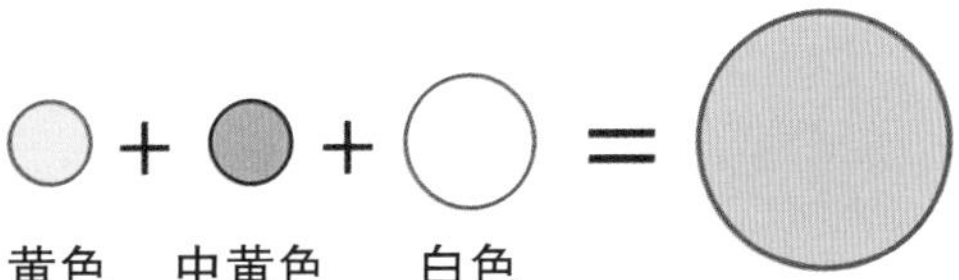

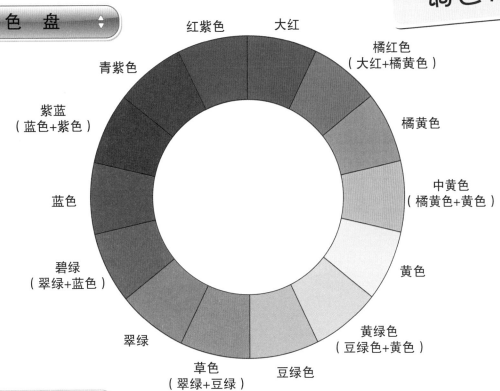

黄色+中黄色+白色 ➡ 杏色

彩色铅笔多种表现手法

直线

斜线

曲线

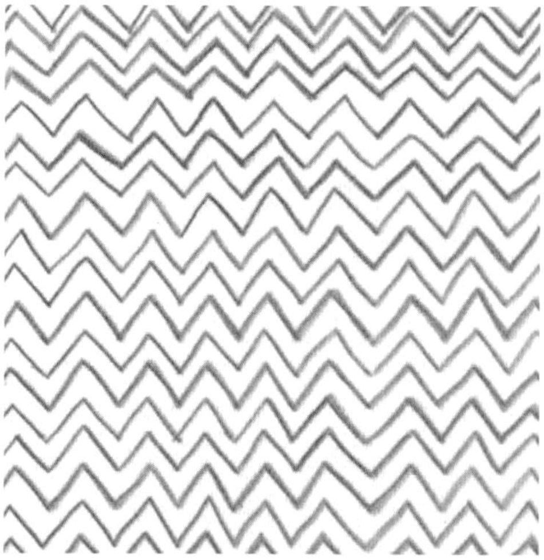

折线

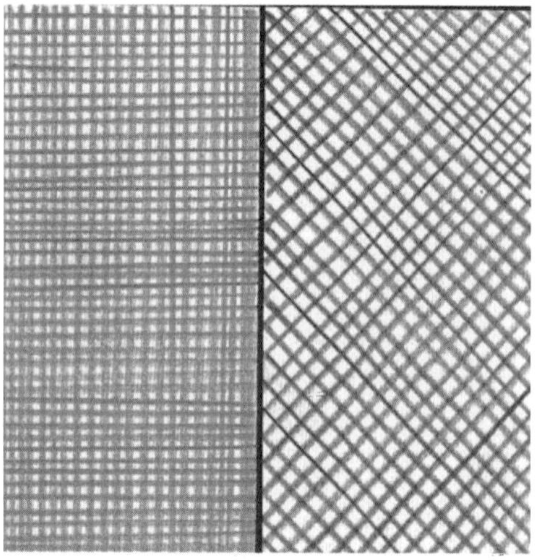

细线画的井字格子纹

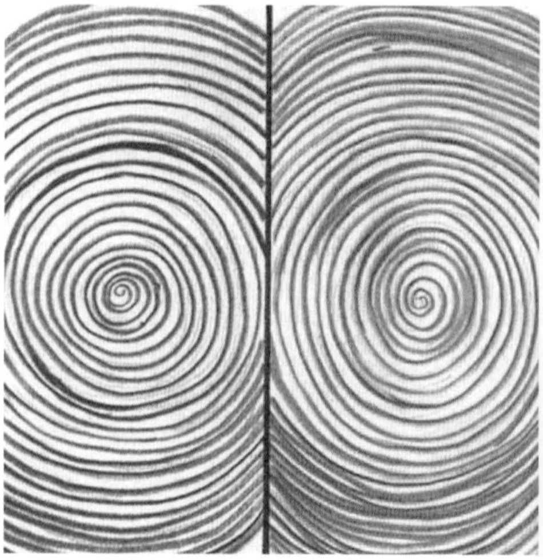

同心圆

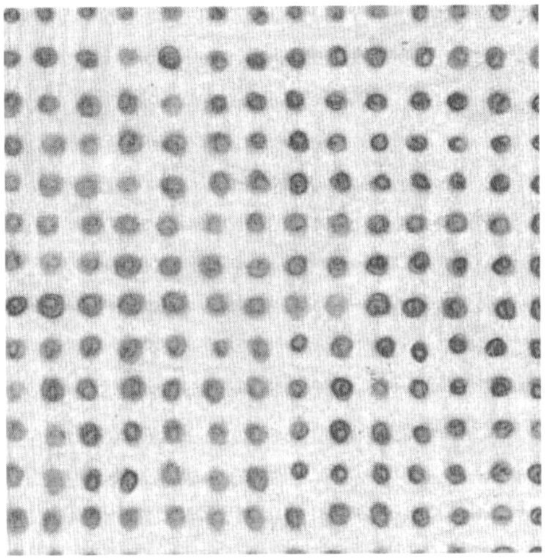

点点儿

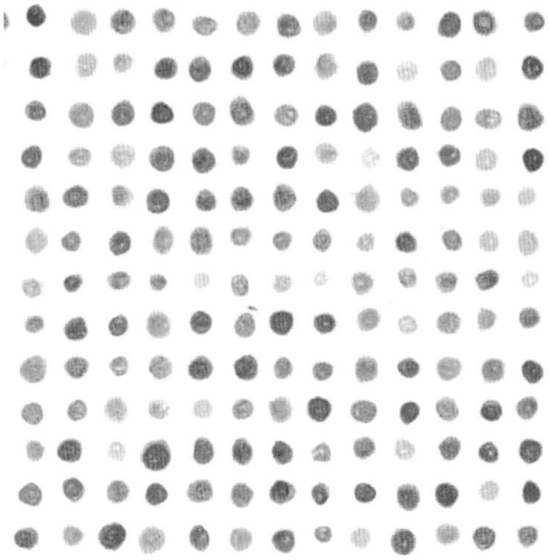

在白色底子上用多种颜色的点

浅浅地涂色

浓涂

底子不同的表现方法

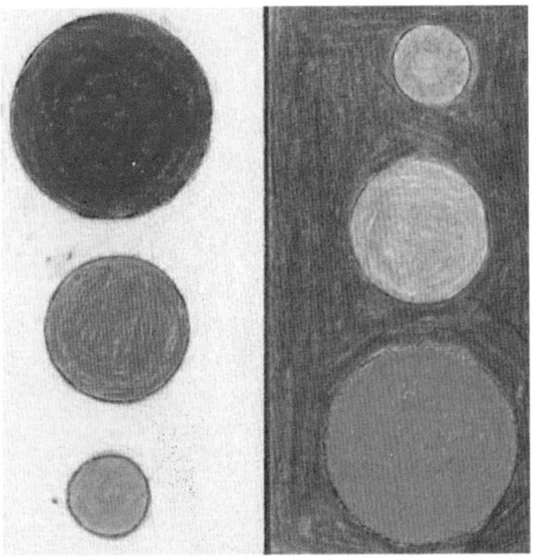

力度大小和色彩的浓淡调节

龙虾

龙虾有两类，一种是生活在山脚下溪流里的淡水虾，一种是生活在大海深处的大龙虾。虾主要是吃活的小鱼，它们的颜色有土黄色的、橘黄色的和蓝色的。

1

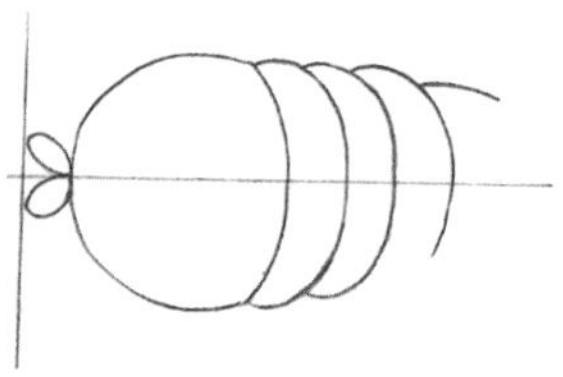

先画一个圆，再连着画几个半圆，作为龙虾的头和身子。再画出龙虾的嘴巴。

2

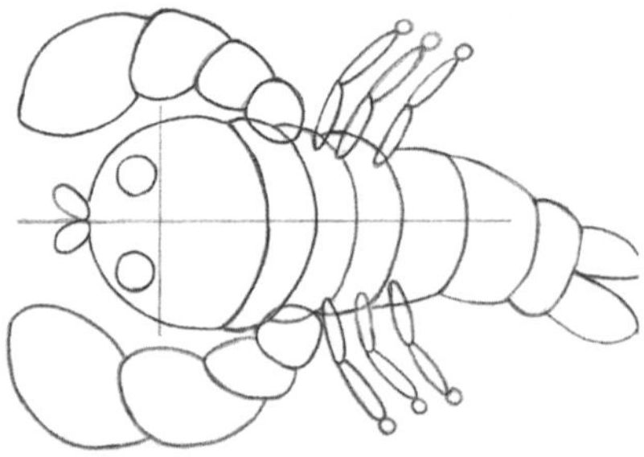

在之前的大圆上轻轻画一条线，确定好两只眼睛的位置。然后再画龙虾的两条大前臂和六条腿，把尾巴也画上。

3

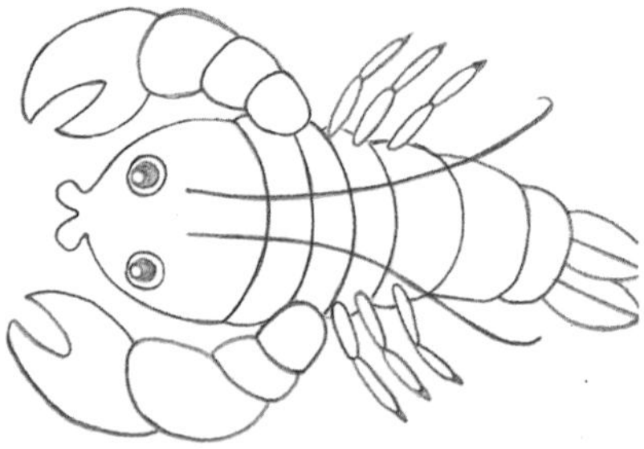

画龙虾的两只瞳孔，胡子也画上，然后把它的腿啊钳子啊仔细加工加工。

4

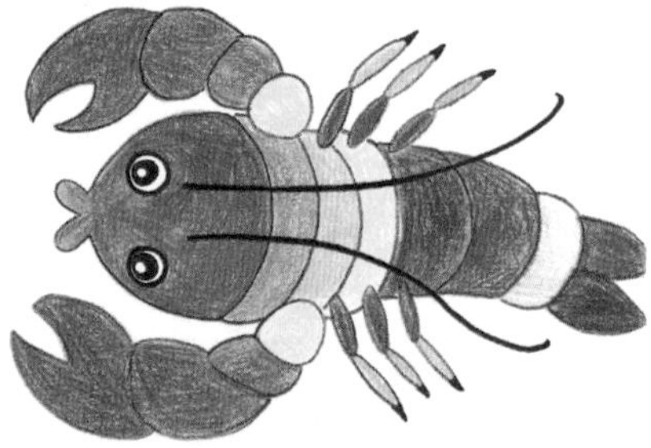

用线条画好之后就开始涂色。不一定要照着书上的虾子颜色来填。

小朋友们的作品欣赏

龙虾们正在做衣服呢，大家看好咯，这个场面里画的龙虾们正在用自己的大钳子剪断丝线。

让我们来画一画厨师用龙虾做菜的情景吧，他们看起来都挺开心的。

画画看

孩子们，以上龙虾的画法都看明白了吗？小朋友想象的画面都看懂了吗？
画要画得好，可是更加重要的是要懂得如何用画笔来表达自己的思想和感情。
下面大家就发挥想象，自由地用画笔表现一下自己的想法吧！

想一想

一提起龙虾大家首先会想到什么呢？
小朋友们在河边抓龙虾；有人在鱼缸里养殖龙虾。
海边肯定有抓龙虾的渔夫吧？你们就来想象一下你们头脑中那些龙虾的样子吧。

螃蟹

螃蟹一般生活在海底，白天呢就躲在沙子里面，到了夜里就出来吃浮游生物和藻类，是种夜行动物，颜色主要是深土黄色，背上面有些绿点点。螃蟹生活在韩国的东海和南海，还有其他国家的沿海地区。

1

把一个四角形画得稍稍圆一点儿，再连着画上螃蟹的两只前臂。

2

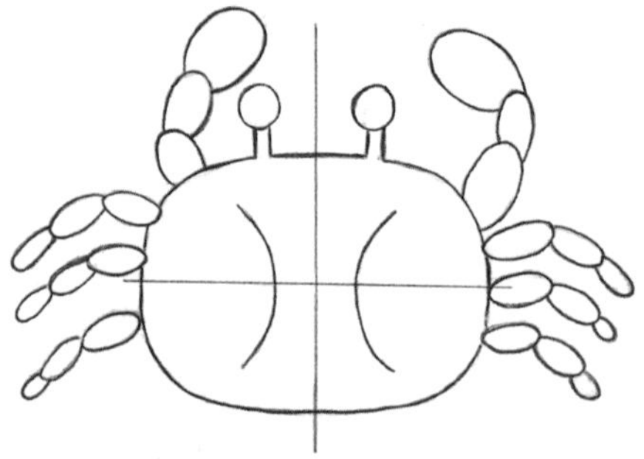

先把眼睛的位置给定下来，然后把它的两只前臂和另外六条腿都给画上。

3

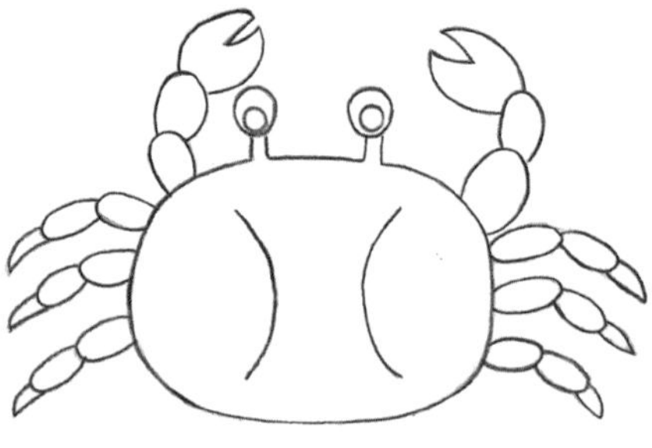

然后再仔细把眼珠子和两只螯给画上。

4

老师用红色和橘黄色给螃蟹上了色，孩子们可以随心所欲地使用自己喜欢的颜色给螃蟹上色。

小朋友们的作品欣赏

这幅画画的是小朋友跟亲人们一块儿吃螃蟹的场面。这幅画把螃蟹画得好大，而把吃螃蟹的人画得小小的，非常生动。

这里画的是海边沙滩上抓大花蟹的情景。远远地可以看到有船只在海上航行，有海鸥在天上飞翔。

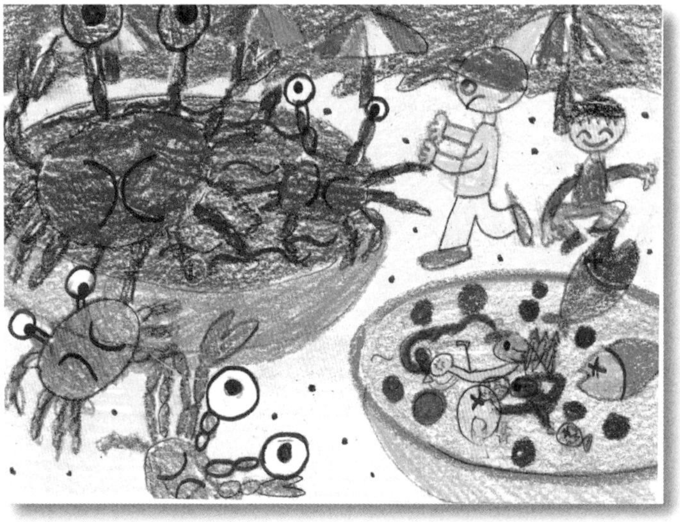

海边上有人抓了大花蟹放到一个大大的桶子里面去。

画画看

孩子们，以上螃蟹的画法都看明白了吗？小朋友想象的画面都看懂了吗？
画要画得好，可是更加重要的是要懂得如何用画笔来表达自己的思想和感情。
下面大家就发挥想象，自由地用画笔表现一下自己的想法吧！

想一想

一说起螃蟹我们脑海里首先浮现出来的是什么呢？

我们可以想象一下在鱼缸里装满大花蟹的场景，也可以想象一下在海边渔夫们抓大花蟹的场景，还可以想象一下超市里面摆着卖的一筐筐的大花蟹。

龟

龟，有生长在海里的，也有生长在江里面的，背着个坚实的甲壳，在陆地上可以生存，在水里面也可以生存，寿命长达180岁到200岁之久。海龟的主食是海带这一类海草，而河里面的龟主要吃些植物和水果。

1

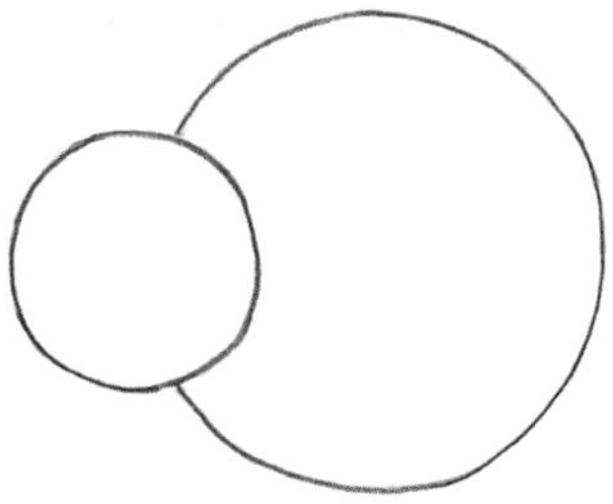

先画一个小圆，再连着画一个大圆。

2

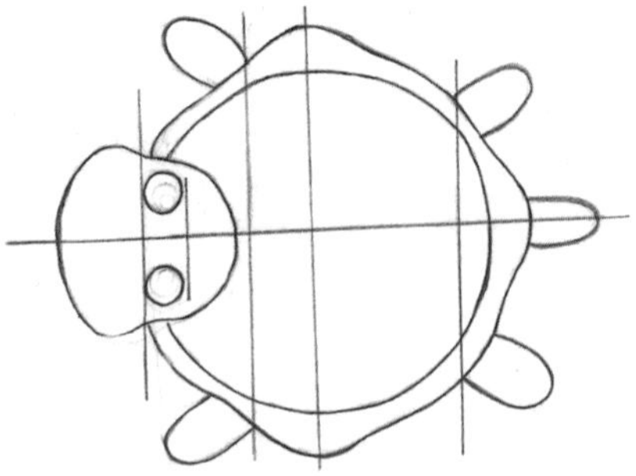

在小圆的基础上画一个脸，再在脸部相应的位置上画两个小圆，这样就把眼睛的位置确定好了，把龟的脚也要画上哦。

3

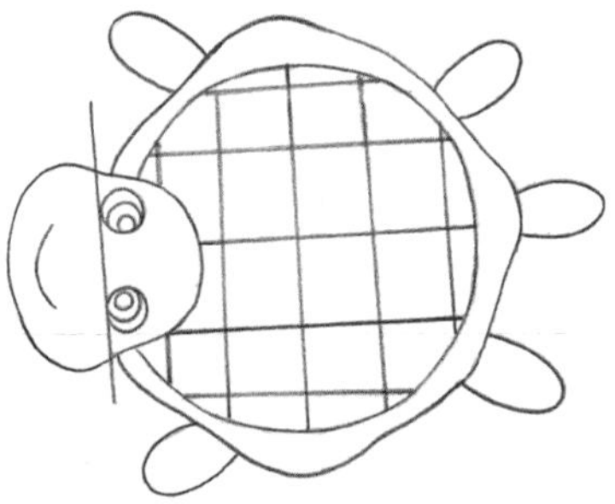

现在我们就来仔细画眼睛、鼻子和嘴巴，还要把甲壳给画出来。

4

老师是用草绿色和豆绿色来给这只龟上的色。孩子们并不一定要照老师这样子去上色，你们也可以自己想象一下用什么颜色更合适。

小朋友们的作品欣赏

这里画了一个想象中的龟兔赛跑的场面。

这幅画画了一群好朋友一起围着鱼缸看海龟的场面。

这幅画画着海龟背着兔子在大海里畅游。

画画看

孩子们，以上龟的画法都看明白了吗？小朋友想象的画面都看懂了吗？
画要画得好，可是更加重要的是要懂得如何用画笔来表达自己的思想和感情。
下面大家就发挥想象，自由地用画笔表现一下自己的想法吧！

想一想

一说起龟你就想到什么？

可以想象一下一大群龟在生蛋的场景吧，或许是龟兔赛跑的故事里最后乌龟把兔子背在自己的背甲上去拜见国王的场面。

鲸鱼

鲸鱼是哺乳动物，所以它们可以像人类那样生育孩子。鲸鱼生孩子是一次只生一个。白鲸鱼体积巨大，可以长到大象的25倍那么大。它们吃的是小虾小鱼和鱼子。

1

先画个半圆，在此基础上用线条描绘出鲸鱼的眼睛、嘴巴和肚皮。

2

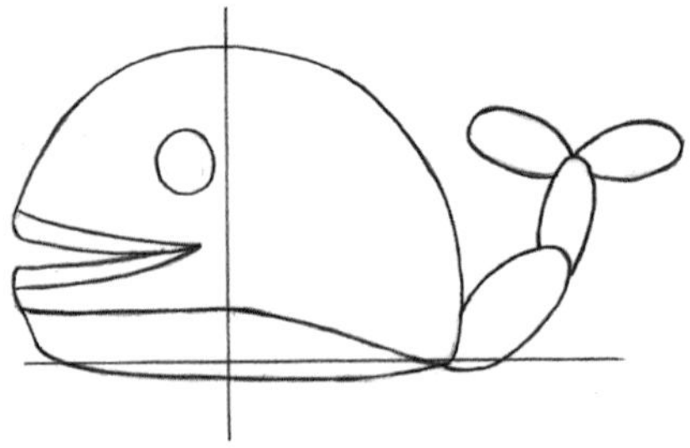

现在让我们来画鲸鱼的尾巴。

3

好，现在我们可以画它的眼珠子、牙齿。加工完它的肚皮后，再画鲸鱼头上冒出来的水柱，这样就完成了。

4

老师用紫蓝色给这只鲸鱼上了色。

小朋友们的作品欣赏

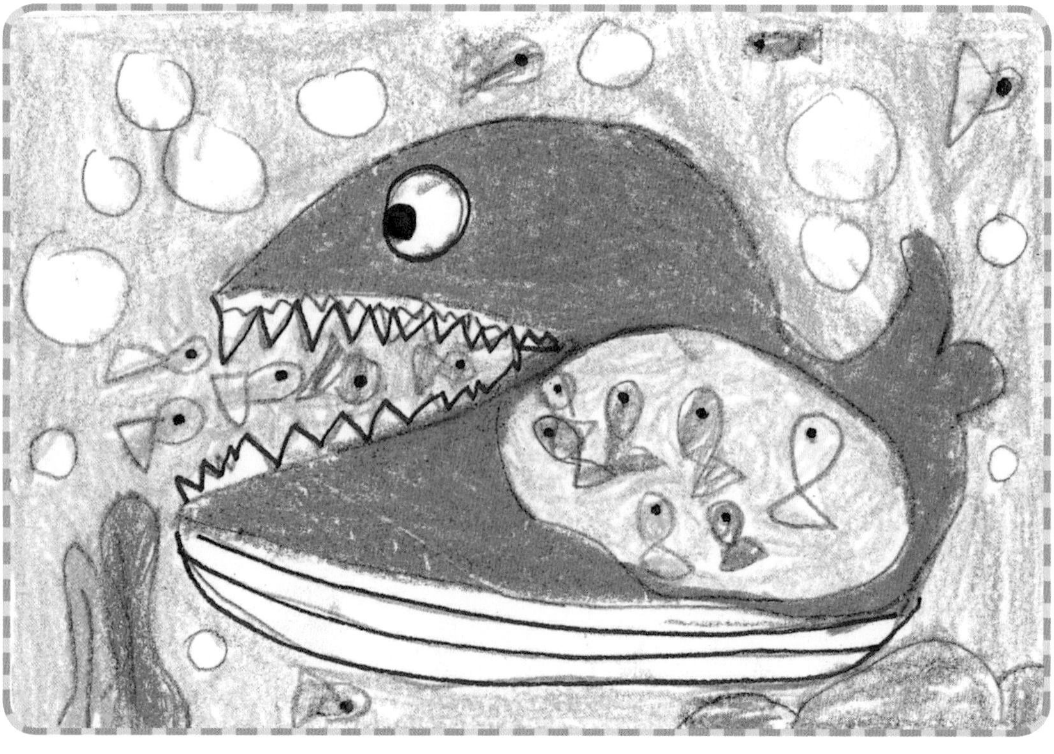

这幅画画的是想象中的在鲸鱼肚子里活蹦乱跳的小鱼儿。

这幅画画的是一群孩子骑在鲸鱼的背上在海上旅行的场景。鲸鱼比大象都要大25倍，所以画面上想象的样子不是不可能的哦。

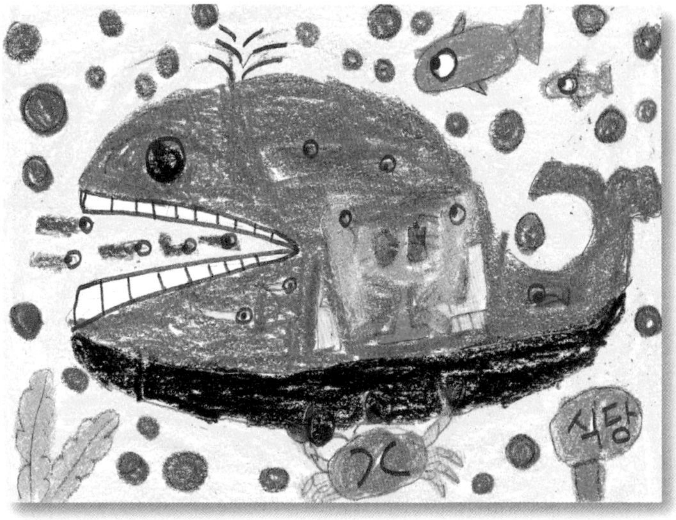

这幅画可有意思了，大鲸鱼在吃鱼，而它肚子里面的鱼也正坐在餐椅上吃饭呢。

画画看

孩子们，以上鲸鱼的画法都看明白了吗？小朋友想象的画面都看懂了吗？
画要画得好，可是更加重要的是要懂得如何用画笔来表达自己的思想和感情。
下面大家就发挥想象，自由地用画笔表现一下自己的想法吧！

想一想

一说起鲸鱼我们脑海里首先浮现出来的是什么形象呢？

鲸鱼也是鱼啊，所以渔夫们捕捉鲸鱼的场景也是可以想象的；还有呢，鲸鱼生孩子的场景，或者鲸鱼妈妈照看自己的鲸鱼宝宝的场面也都是可以想象的吧？

海豚

海豚也像人类一样生育孩子，属于哺乳动物，主要生活在浅海区域，特别喜欢温暖的环境。海豚可以算是动物中智商高的一类，主要靠食小鱼儿和乌贼之类的东西生存，跟我们前面学过的鲸鱼相比，它们的个头儿要小多了。

1

先画个长长的带点儿“尾巴”的圆圈，表示海豚的身体。

2

画上海豚的眼睛和嘴巴，再画上海豚的背鳍和尾巴。

3

画上海豚的瞳孔，在肚皮前面画上一对鱼翅。

4

老师将海豚涂上了蓝色，肚皮那个部分就留出纸张的原色，看起来就像海豚白白的肚皮。

小朋友们的作品欣赏

这幅画非常生动地表现了海豚举行婚礼的场面。

这幅画画的是这个小朋友在大海里跟海豚一块儿玩耍的场景，画里面还有章鱼、海葵。

这位小朋友画的是他想象中的海豚秀。画里面可以看到海豚正在飞跃巨大的呼啦圈。

画画看

孩子们，以上海豚画法都看明白了吗？小朋友想象的画面都看懂了吗？
画要画得好，可是更加重要的是要懂得如何用画笔来表达自己的思想和感情。
下面大家就发挥想象，自由地用画笔表现一下自己的想法吧！

想一想

一说起海豚我们脑海里首先浮现出来的是什么形象呢？

我们可以想象一下在海岸线上一大群海豚互相告别的情景吗？也可以想象一下大型水族馆里海豚生活的样子吧？还可以想象一下海豚们聚在一起聊天的情景吧？

鲨鱼

鲨鱼大小不一，有的不到一米长，有的则有18米那么长。

鲨鱼的牙齿和鳍都很发达，身体就像盾牌一样坚实，在对其他鱼类发起进攻的时候就会用上身体上的这些武器。

1

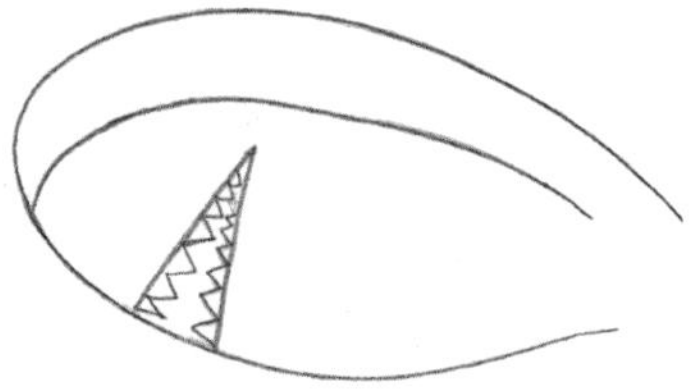

先画个长点儿的椭圆，中间画条线，鲨鱼大概的身子就出来了。把牙齿也画出来吧。

2

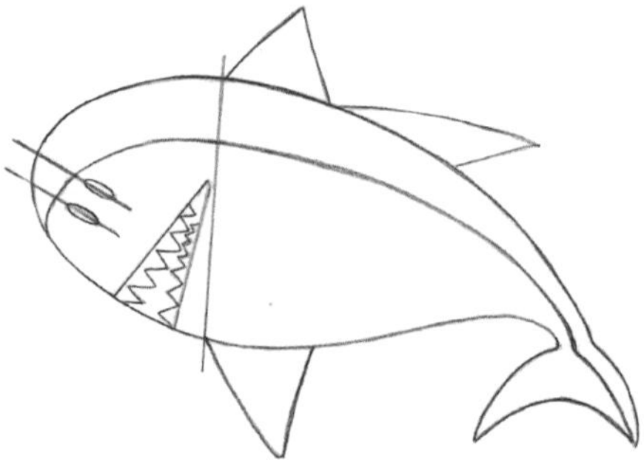

把尾巴给连起来，然后把鳍啊什么的画上去。

3

然后再画眼睛，身体上尖尖的小小的鳍也画上。

4

快来，把五彩斑斓的颜料给填上去！

小朋友们的作品欣赏

呵呵，鲨鱼过生日了，鲸鱼啊，章鱼啊，好多朋友都前来祝贺。

渔夫正在捕捉鲨鱼，有点儿吓人吧？

鲨鱼正在吞噬小鱼呢。

画画看

孩子们，以上鲨鱼的画法都看明白了吗？小朋友想象的画面都看懂了吗？
画要画得好，可是更加重要的是要懂得如何用画笔来表达自己的思想和感情。
下面大家就发挥想象，自由地用画笔表现一下自己的想法吧！

想一想

一提起鲨鱼你脑子里会出现什么情景呢？
老师觉得鲨鱼也是一种鱼，所以就会想起水族馆里边看到的鲨鱼崽崽。

章鱼

章鱼有八条腿，身上没有骨头，在海底深处的洞穴里面生活，到了夜里才出来打猎，大花蟹、虾子、蜗牛、小鱼儿都是它的美食。章鱼一生气就会喷出浓黑的墨汁出来。章鱼有小有大，大的章鱼可以长达4米。

1

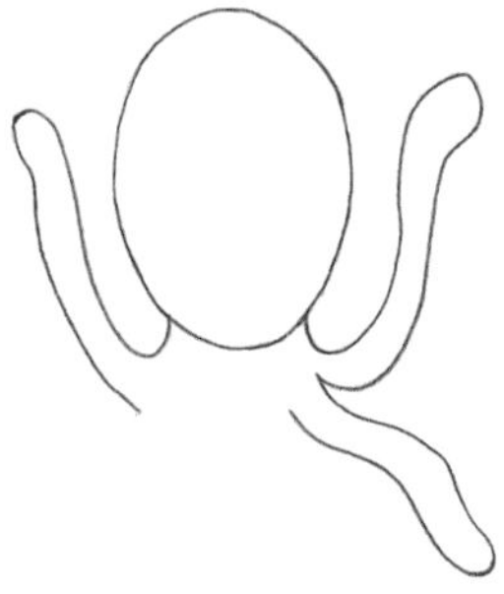

先画个圆，然后把长长的腿画上去。

2

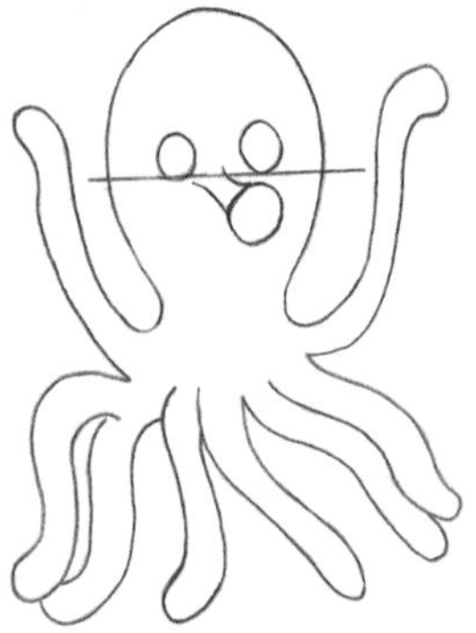

把八条腿画完以后，就在合适的位置上画上眼睛和鼻子。

3

眼珠子、鼻子、嘴巴都画好了以后，就开始画脚上长的吸盘。

4

老师把章鱼涂成了粉红色，脚上又画上了好几种颜色。

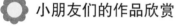

小朋友们的作品欣赏

一只章鱼拿着几束鲜花在安慰怀里哭泣的小孩呢。

煤气灶上的章鱼在拼命逃跑，是热得受不了了吧。

一只章鱼正在用长长的脚编织什么东西呢，这幅画儿画得非常有趣。

画画看

孩子们，以上章鱼的画法都看明白了吗？小朋友想象的画面都看懂了吗？
画要画得好，可是更加重要的是要懂得如何用画笔来表达自己的思想和感情。
下面大家就发挥想象，自由地用画笔表现一下自己的想法吧！

想一想

孩子们，一提起章鱼你会想到什么呢？

是不是想到大海里的章鱼遇到了危险就喷射墨汁的场面了呢？或者是市场上捕获的章鱼放在盆子里的样子呢？

海豹

海豹可以在水里游又能在陆地上行走，海豹生活在海边，靠吃鱼儿过日子，身上颜色多是黑色和灰色。

1

先画上一个大圆和一个小圆，分别作为海豹的头和鼻子，再用线条连接成身子。画两个小半圆连在一起表示尾巴。

2

在画眼睛鼻子的地方轻轻画上一条线，帮助确定它们的位置，然后画好眼睛和鼻子、脚。

3

再仔细加工加工，看，一只海豹就画好了。

4

给海豹涂上漂亮的颜色。

小朋友们的作品欣赏

海豹们正陶醉在自己的歌声里，看来大家都开心极了。

这里画的是在海里生活的海豹一边自由自在地游泳一边抓鱼吃的情景。

这幅画画的是海豹秀，大家都看得十分开心。

画画看

孩子们，以上海豹的画法都看明白了吗？小朋友想象的画面都看懂了吗？
画要画得好，可是更加重要的是要懂得如何用画笔来表达自己的思想和感情。
下面大家就发挥想象，自由地用画笔表现一下自己的想法吧！

想一想

想想有海豹的地方是什么样儿？

首先我们会想到动物园里的海豹，是不是还会想起在海边一大群海豹在睡午觉的场景呢？

猪

大家都爱吃猪肉吧，猪肉可是人类最爱吃的食品材料之一。猪一次可以生下9-10只崽崽。

1

先画个小圆当鼻子，然后接着画它的身体。

2

在鼻子上方的一条线上画上两个更小的圆当作眼睛，然后再画上四条腿。

3

在鼻子那个圆里面画上两个小圆圈算是鼻孔，再画上尾巴，这只猪的模样就基本出来了。

4

老师用橘黄色给鼻子、耳朵、尾巴上了色，其他部分就用中黄色。

小朋友们的作品欣赏

这里画的是农场里面小朋友在饲养猪的生活场面。

这幅画画的是一群古代居民在抓野猪的场景。

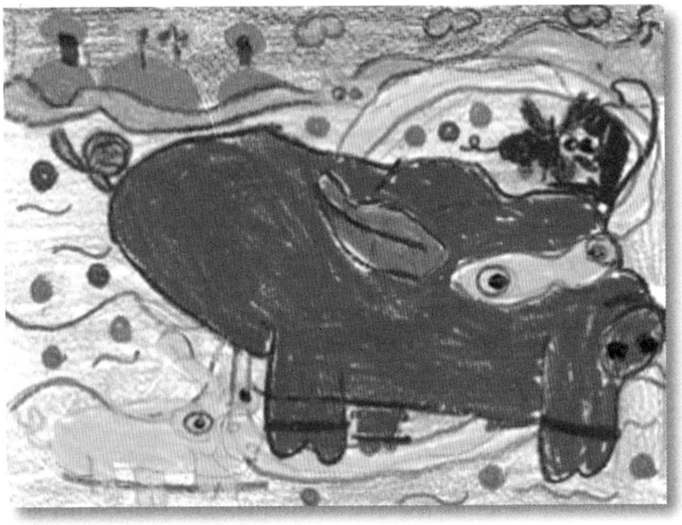

瞧！小胖猪还会游泳呢。

画画看

孩子们，以上猪的画法都看明白了吗？小朋友想象的画面都看懂了吗？
画要画得好，可是更加重要的是要懂得如何用画笔来表达自己的思想和感情。
下面大家就发挥想象，自由地用画笔表现一下自己的想法吧！

想一想

一提起猪会想到什么呢？超市里卖的猪肉？
大家想象一下狗和猪赛跑的情景，在上面的空白处把这种情景给画下来试试。

狗

狗是跟人类最亲近的动物，狗的寿命只有12-16年，它鼻子的嗅觉比人类要强10倍以上。肉啊、鱼啊、点心啊，狗什么都爱吃。

1

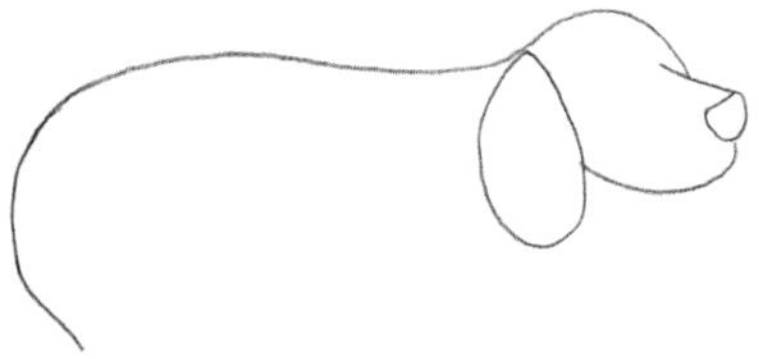

先画上狗鼻子、狗脸和狗耳朵，再用一根曲线条确定狗身体的大概样子。

2

画上狗的四条腿。轻轻画上一条线，以帮助我们确定好眼睛的位置，在线上面画上两个小圆圈代表眼睛。

3

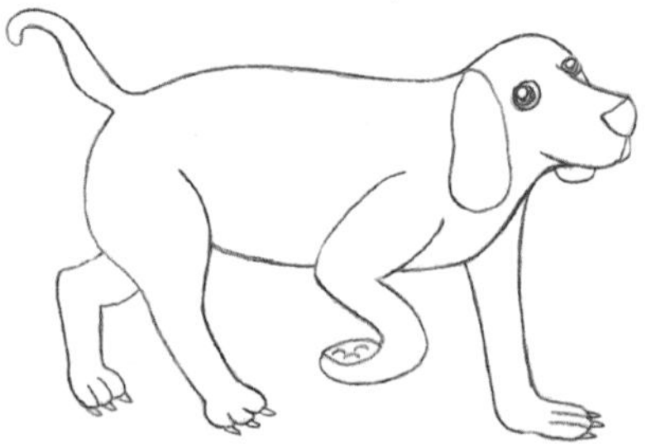

把狗的模样再整理整理，画上眼珠子，画上脚掌脚趾，行了！

4

老师给狗涂上的是中黄色。大家可以根据自己的喜好来给狗上色。

小朋友们的作品欣赏

狗不舒服，来到了医院。医生正在给这只狗打针，狗都哭了，哎哟，痛啊！

狗和猫正坐着宇宙飞船在太空里翱翔。

画画看

孩子们，以上狗的画法都看明白了吗？小朋友想象的画面都看懂了吗？画要画得好，可是更加重要的是要懂得如何用画笔来表达自己的思想和感情。下面大家就发挥想象，自由地用画笔表现一下自己的想法吧！

想一想

试着想象一下狗生活的地方。老师脑海里一提到狗就想象出看家狗和偷偷摸摸进来偷东西的小偷进行决斗的场面。不是说只有老师想到的才是正确的，大家开动脑筋也想象一下，并用画面把它表现出来。

猫

猫以前是住在森林里面的，每年要生2-3次崽崽，每次要生4-6只。现在我们看到的大多数都是家猫，它主要吃老鼠、小鱼儿什么的。

1

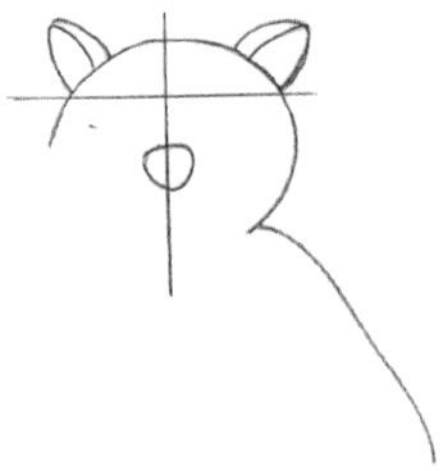

画个类似倒三角形小圆当作鼻子，再以这个小圆圈为中心画个大圆当作脸，再把耳朵画上去，一边一只。

2

画上胡子和长长的尾巴、腿。

3

把眼珠子画上，胡子再添上几笔，脚掌脚趾给加工一下，完成！

4

给它涂上漂亮的颜色。眼睛和胡子可以用签字笔来画。

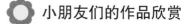

小朋友们的作品欣赏

几只小猫正乘着飞机飞上天空，下面还可以看到小小的建筑物呢，它们飞得好高啊。

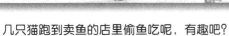

几只猫跑到卖鱼的店里偷鱼吃呢，有趣吧？

夜里一只野猫躲在森林里给自己的猫崽崽喂奶。

画画看

孩子们，以上猫的画法都看明白了吗？小朋友想象的画面都看懂了吗？
画要画得好，可是更加重要的是要懂得如何用画笔来表达自己的思想和感情。
下面大家就发挥想象，自由地用画笔表现一下自己的想法吧！

想一想

大家想一想猫一般会出现在哪些地方？
是不是有晚上偷偷摸摸地倒腾垃圾桶的猫？还有那从高高的墙上飞身跳下来的猫？

鸡和鸡崽

人类之所以在家里养鸡，就是为了要吃上鸡蛋和鸡肉。在泰国和其他东南亚地区，很多地方还有斗鸡的风俗。

1

鸡的脑袋可以画成一个葫芦瓶的样子。

2

鸡的眼睛、嘴巴、鸡冠、翅膀、两条腿和鸡爪子画好之后，再画几只鸡崽。

3

鸡和鸡崽的眼睛和翅膀要再仔细修改修改，整理好以后就完成了。

4

老师把鸡崽画成了中黄色和黄色，把鸡妈妈则涂了橘黄色和黄色。

小朋友们的作品欣赏

打架啦！看看这两只鸡的表情，好凶啊！

一家人围着餐桌，餐桌上摆着美味的炸鸡。

鸡妈妈和鸡崽崽在河上乘船游玩。

画画看

孩子们，以上鸡的画法都看明白了吗？小朋友想象的画面都看懂了吗？
画要画得好，可是更加重要的是要懂得如何用画笔来表达自己的思想和感情。
下面大家就发挥想象，自由地用画笔表现一下自己的想法吧！

想一想

一说起鸡你就想到什么？
老师首先想到的是超市卖的鸡，又想到农家前面鸡妈妈和鸡崽崽一块儿散步的画面。

孔雀

孔雀非常华丽，身体也很大，尾巴五彩斑斓，展开就像一把扇子，雄孔雀比雌孔雀要漂亮得多。

每当雄孔雀要向雌孔雀表白爱情的时候就会把自己的尾巴哗地展开。孔雀们生活在密林中有水的地方，主要吃树上的果实和虫子。

1

先画孔雀的嘴巴和脸蛋儿。

2

身体、腿、头上的冠画好以后，再画长在后面的尾屏。

3

要仔仔细细一个个把尾屏上的眼状斑画好，就完成了。

4

再涂上漂亮的颜色。

小朋友们的作品欣赏

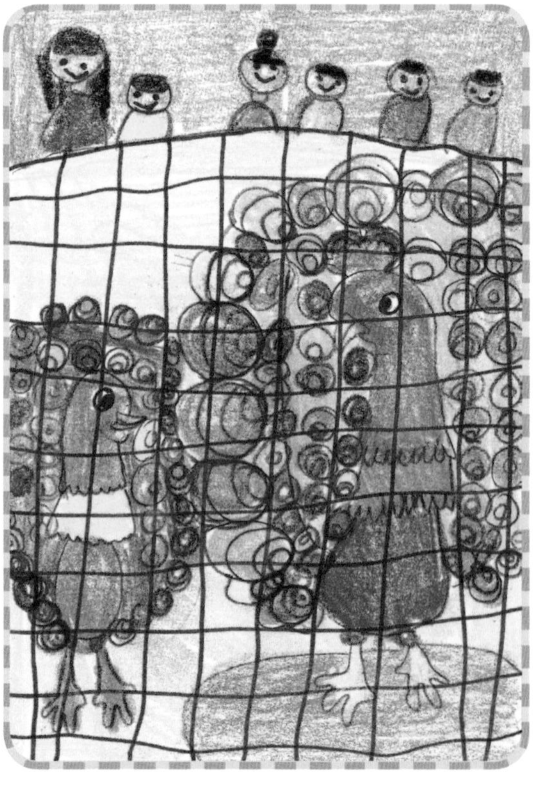

动物园里面好多人在观赏孔雀。

这里画的是孔雀开屏表达爱情的场景。

孔雀和它的朋友们在滑旱冰呢。

画画看

孩子们，以上孔雀的画法都看明白了吗？小朋友想象的画面都看懂了吗？
画要画得好，可是更加重要的是要懂得如何用画笔来表达自己的思想和感情。
下面大家就发挥想象，自由地用画笔表现一下自己的想法吧！

想一想

孔雀生活在密林深处，它们在密林里吃水果和昆虫。
老师脑海里出现的画面是孔雀开屏的样子，大家把这个情景用画儿来表现表现吧。

长颈鹿

长颈鹿个子很高，主要生活在热带非洲地区。

它有时会喝好多好多水，可是有时候又能像骆驼一样好长时间不喝水也没问题。

1

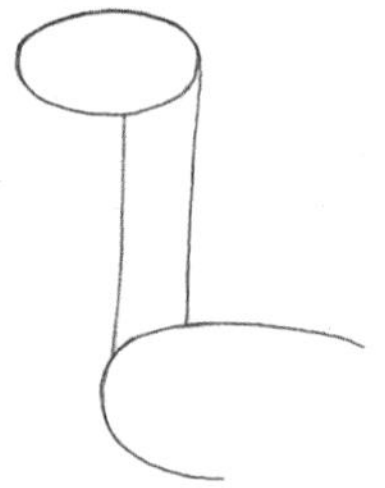

画一个椭圆表示头部，然后画长长的脖子，再在下面画一个大椭圆表示身子。

2

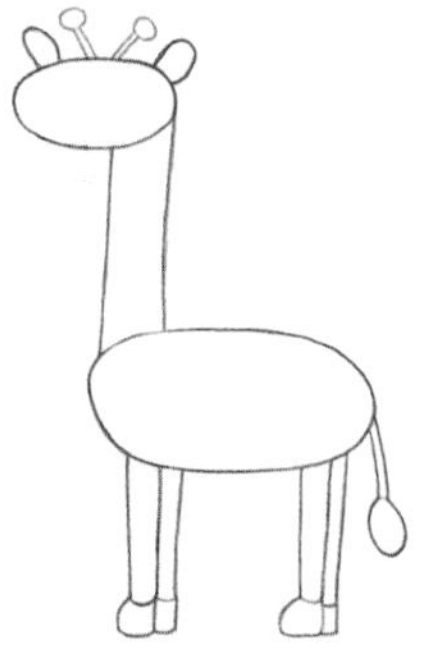

然后我们来画长颈鹿的两只小耳朵、两个角、腿和尾巴。

3

接下来我们画长颈鹿身上的斑纹、眼睛、颈部后边的一线毛，这样就基本上完成了。

4

老师把长颈鹿涂成黄色，又把身上的斑纹涂成橘黄色。大家也来试一试吧。

小朋友们的作品欣赏

公长颈鹿和母长颈鹿正在亲亲呢，看它们多幸福啊。

好几种颜色的长颈鹿正在苹果树下吃苹果。

高个子长颈鹿通过公寓大楼的窗户在吃饭。这位小画家就是想通过这种方式来突出长颈鹿个子高大的特征。

画画看

孩子们，以上长颈鹿的画法都看明白了吗？小朋友想象的画面都看懂了吗？画要画得好，可是更加重要的是要懂得如何用画笔来表达自己的思想和感情。下面大家就发挥想象，自由地用画笔表现一下自己的想法吧！

想一想

一提到长颈鹿你就想到什么呢？
老师脑海里会想到动物园的长颈鹿，又想到草原上在欢快奔跑的长颈鹿。

梅花鹿

母梅花鹿没有角，公梅花鹿则长着好多枝丫交错的漂亮的角，这种角每年都会长新的。梅花鹿主要生活在广阔的密林中，栖居在湖水边，吃草、树叶和各种植物的嫩芽。

1

先画一个小圆当作鼻子，然后画上脸、身体、耳朵。

2

给梅花鹿画上眼睛、身上的花纹以及四条腿。

3

把眼珠子给画上吧。梅花鹿身体下半部分用线把它给勾勒一下，这样就基本上完成了。

4

大家来给它上色吧！

小朋友们的作品欣赏

一群梅花鹿在溜冰场里开心地滑冰呢。

动物园里一群孩子在观赏梅花鹿。

山上森林中的原始居民正在用弓箭捕猎，旁边站着好几只梅花鹿呢。

画画看

孩子们，以上梅花鹿的画法都看明白了吗？小朋友想象的画面都看懂了吗？
画要画得好，可是更加重要的是要懂得如何用画笔来表达自己的思想和感情。
下面大家就发挥想象，自由地用画笔表现一下自己的想法吧！

想一想

一提起梅花鹿你首先想到的是什么呢？

我们可以想象梅花鹿在湖水边喝水的样子，也可以想象一下草原上梅花鹿妈妈和梅花鹿宝宝在奔跑追逐的场景！

奶牛

奶牛是人类为了喝牛奶而圈养的一种动物，牛奶可以做成起司、奶酪、黄油和酸奶。奶牛主要生活在大大的牧场里。

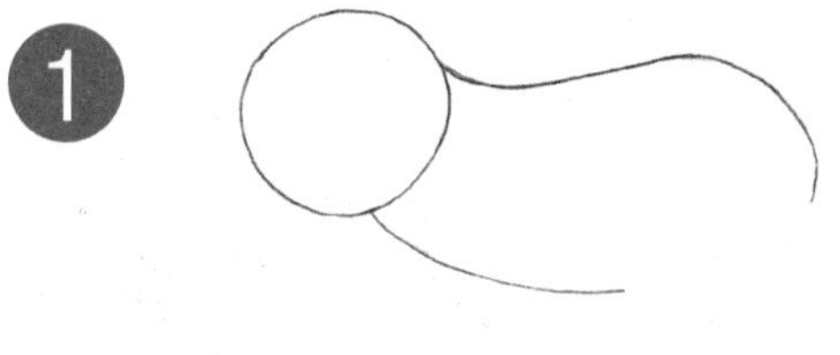

先画个圆当作奶牛的脑袋，然后用线条连上身体。

再画四条腿和一条尾巴。

然后就画牛的眼睛、耳朵、两只牛角，还有脸上的花纹以及能挤出牛奶的奶头。

奶牛脸上的那个花斑用黑色给它画上，其他部位用灰色就行。各位不一定要按照老师的想法来上色，只要涂上自己觉得合适的颜色就行。

小朋友们的作品欣赏

这里画了几只装酸奶的瓶子，这些瓶子上画着奶牛。几个孩子都吃得可香呢。

牧场挤奶的场景。我们喝的牛奶可都是从奶牛身上挤出来的哦。

有两只奶牛正欢快的洗澡呢。

画画看

孩子们，以上奶牛的画法都看明白了吗？小朋友想象的画面都看懂了吗？
画要画得好，可是更加重要的是要懂得如何用画笔来表达自己的思想和感情。
下面大家就发挥想象，自由地用画笔表现一下自己的想法吧！

想一想

画一下跟奶牛有关的东西看看！

我们可能会想到画着奶牛模样的奶瓶，也可以想象一下超市里卖奶酪、奶油的场景，不是挺有趣的吗？

马

马是人类最重要的家畜之一，在没有汽车的时候，人类就是靠马作为自己的交通工具和运输工具。干草和谷类是它的主食。

1

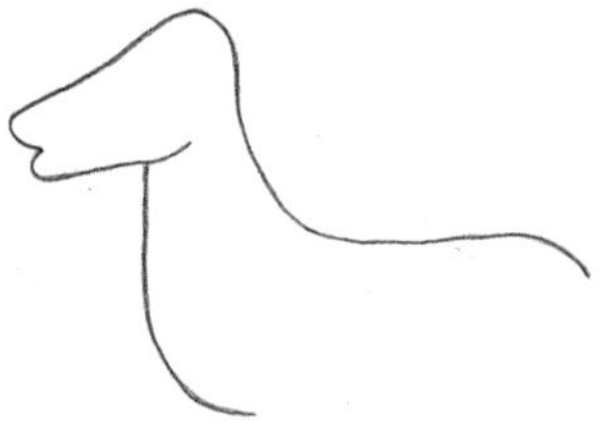

先画马的脸和身体。

2

再画眼睛和耳朵以及颈部后面的鬃毛，再画四条腿和尾巴，这样就基本上完成了。

3

画上马的眼珠子和辔子。

4

老师把马涂成了中黄色，把鬃毛、尾巴、马蹄子都上了褐色。

小朋友们的作品欣赏

为了跑得更快，马儿们正在进行体能训练。

原始居民骑在马上飞奔。

这幅画儿画的是小朋友们开心赛马的场景。

画画看

孩子们，以上马的画法都看明白了吗？小朋友想象的画面都看懂了吗？
画要画得好，可是更加重要的是要懂得如何用画笔来表达自己的思想和感情。
下面大家就发挥想象，自由地用画笔表现一下自己的想法吧！

想一想

一提到马你会想到什么呢？

老师们想到的是人们让马儿驮着好多行李行走的样子，又想到童话里出现的白色野马伫立湖边的英姿。

大象

在陆地上的动物中，大象要算是体积最大的动物之一了，象鼻子十分灵活，可以摘树叶、树皮和水果，还可以汲水洗澡。大象喜欢群居，一般是30-40头大象相依相伴生活在一起。

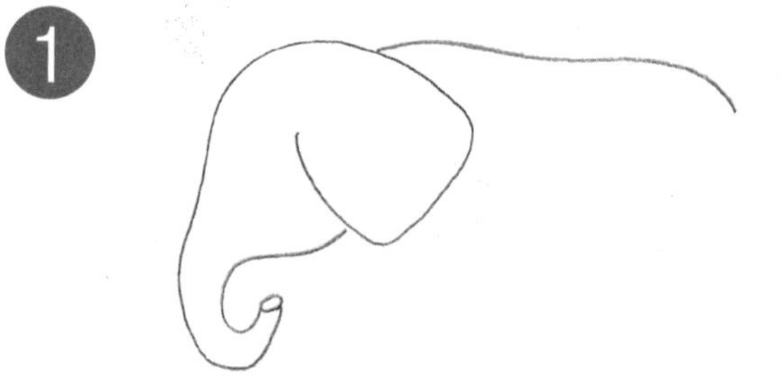

把象鼻子和耳朵连在一起画，大象脸部的样子就画出来了。

然后把大象的身子和象腿画出来。接着把眼睛的位置画出来，最后把象牙、尾巴画上。

把眼睛再描绘细致一些，鼻子上的纹路，还有象腿下的脚趾也要仔细画出来。

老师把象画成一只灰色的大象了。各位想怎么上色就怎么上色吧。

小朋友们的作品欣赏

这只大象的职业是画家，画得真了不得。

这是大象秀的场面，大象背上驮着人，用鼻子顶着一个球在转动。

这幅画画的是大象在美滋滋地吃水果呢。

画画看

孩子们，以上大象的画法都看明白了吗？小朋友想象的画面都看懂了吗？
画要画得好，可是更加重要的是要懂得如何用画笔来表达自己的思想和感情。
下面大家就发挥想象，自由地用画笔表现一下自己的想法吧！

想一想

一提起大象大家就想到了什么呢？

一条大河，河里面有几头大象正在高高兴兴洗澡；动物园里的大象一定给大家都留下过深刻的印象吧。

熊

熊体积大，四条腿走路，一到冬天就进入冬眠状态，到了春天才会起来开始活动，什么都能吃，像鱼啊、小动物啊、水果、橡子等等。

1

画个大大的圆表示熊脑袋，画上两只耳朵，然后再用线条把身体连起来。

2

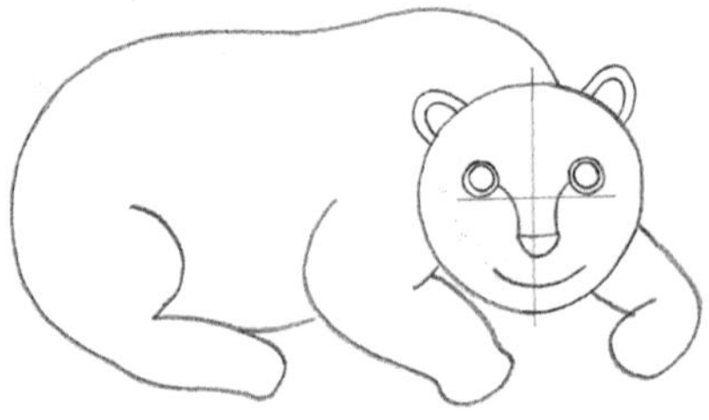

在脸上轻轻画上一条横线和一条竖线，这样就可以帮助我们确定眼睛的位置和鼻子、嘴巴的位置，把熊的腿画出来。

3

还得画上熊的爪子哦。

4

老师给这只熊涂上的是棕色。

小朋友们的作品欣赏

这幅画画的是北极冰天雪地里几只熊正在捕鱼吃呢。

小熊和一群动物正在超市购物。

画画看

孩子们，以上熊的画法都看明白了吗？小朋友想象的画面都看懂了吗？
画要画得好，可是更加重要的是要懂得如何用画笔来表达自己的思想和感情。
下面大家就发挥想象，自由地用画笔表现一下自己的想法吧！

想一想

一说起熊你会想到什么？
洞穴里正在冬眠的熊还是溪边捕鱼的熊呢？

猴子

猴子爱群居，很多猴子生活在一起，很会爬树，吃昆虫、水果、树叶，是一种特别聪明的动物。

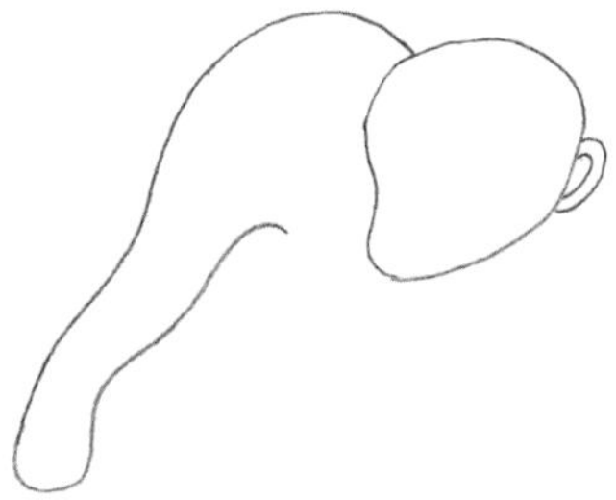

1 先画猴子的头和脸，再接着画它的身体。

2 画完身体以后，再画眼睛、鼻子和嘴巴。

3 猴子的手脚都很像人类，所以就像画人的手脚一样来画就行，眼珠子也好好画上。

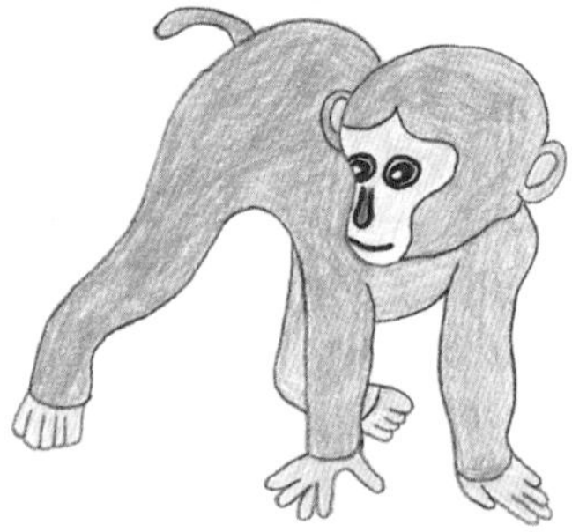

4 老师把猴子的脸、手和脚都画上肉色，其他部位则画上土黄色。

小朋友们的作品欣赏

小猴子们都变成了芭蕾舞演员正在给观众们进行表演呢。

一只猴子正在展露它翻跟头的才华呢。

猴子妈妈和猴子宝宝正在吃香蕉。

画画看

孩子们，以上猴子的画法都看明白了吗？小朋友想象的画面都看懂了吗？
画要画得好，可是更加重要的是要懂得如何用画笔来表达自己的思想和感情。
下面大家就发挥想象，自由地用画笔表现一下自己的想法吧！

想一想

一说起要画猴子我们会想到什么？
猴子上树？猴子捞月？猴子们在展示它们的才艺？

田鼠

如果了解了田鼠，画起来就更有意思了。

很多的田鼠栖息在我们周边，可是只要人一靠近，它们就一下子跑得无影无踪，所以我们很少能够看到田鼠，田鼠主要生活在地底下，幼虫、蚕蛹、蜘蛛、蜗牛、金龟子、蜈蚣、蚯蚓、青蛙等等都是田鼠的盘中餐。

1

先画个小圆代表田鼠的鼻子，再画个大圆表示田鼠的脸，然后再接着画上田鼠的身体。

2

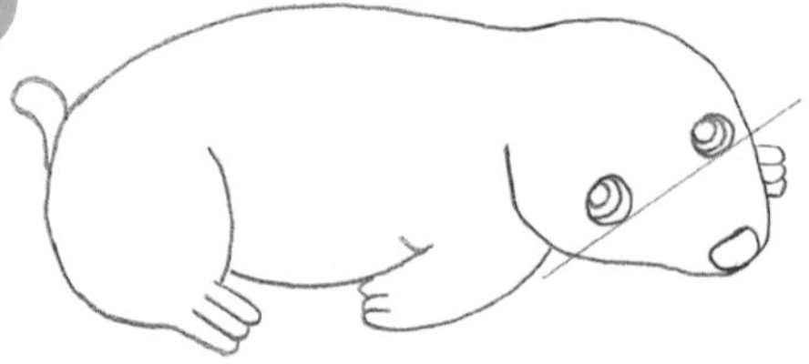

再在脸上轻轻画上一条直线，把眼睛的位置准确地确定下来。田鼠的腿和尾巴也要画出来哦。

3

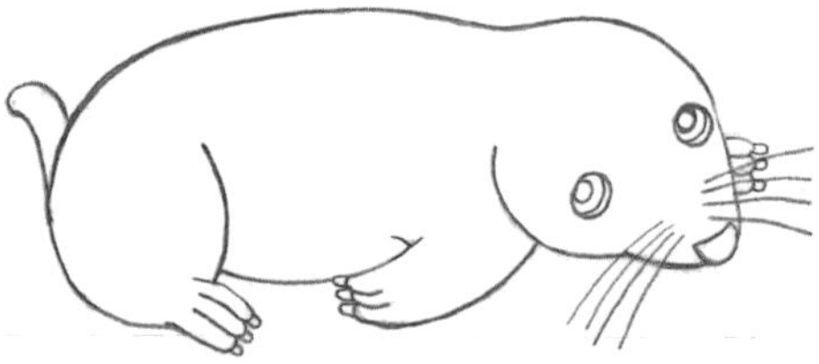

然后再把田鼠胡子和脚趾画出来，这样就差不多完成了！

4

老师给田鼠涂上的颜色是土黄色。现在让我们一起来画一只田鼠吧。

小朋友们的作品欣赏

田鼠在烫头发，两只小兔子在帮它的忙。

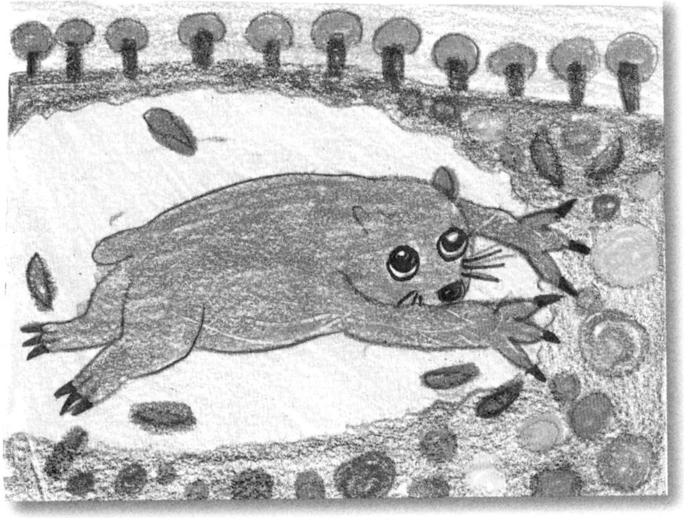

田鼠用力地在地下扒土挖洞。

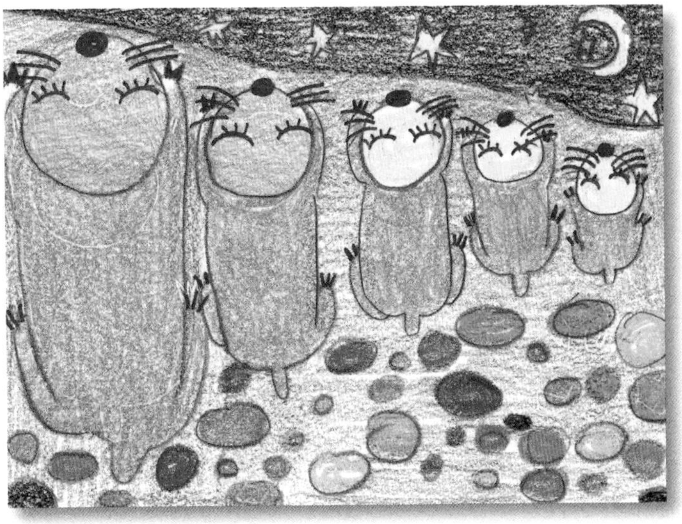

夜已深，天上挂着星星和月亮，田鼠家族已经沉入梦乡。

画画看

孩子们，以上田鼠的画法都看明白了吗？小朋友想象的画面都看懂了吗？
画要画得好，可是更加重要的是要懂得如何用画笔来表达自己的思想和感情。
下面大家就发挥想象，自由地用画笔表现一下自己的想法吧！

想一想

一说到田鼠，大家会想到什么？

或许会想到一只田鼠在捕捉蚯蚓的情景吧？或许会想到一只田鼠从土洞里钻出来结果给人发现的场面吧？

树袋熊

树袋熊是从植物上吸取水分而从来不直接去喝水，它一天要睡20个小时，醒来之后就吃树叶，吃了以后又休息，整天就挂在树上。

1

画一个圆圈表示树袋熊的脸，然后画两只大耳朵，接着画它的身体。

2

先画树干以及挂在树干上的四肢，然后在脸上中心位置轻轻画几条线帮助确定五官位置，画上眼睛、鼻子和嘴巴。

3

画上手指甲和脚指甲。

4

老师给这只树袋熊的耳朵、鼻子和嘴巴涂上了橘黄色，身体则涂上了中黄色。

小朋友们的作品欣赏

一只树袋熊正在吊床上舒舒服服地睡觉呢。

这幅画画的是树袋熊妈妈和树袋熊宝宝都吊在树上的场景。

兽医正抱着受伤的树袋熊朝医院赶去。

画画看

孩子们，以上树袋熊的画法都看明白了吗？小朋友想象的画面都看懂了吗？画要画得好，可是更加重要的是要懂得如何用画笔来表达自己的思想和感情。下面大家就发挥想象，自由地用画笔表现一下自己的想法吧！

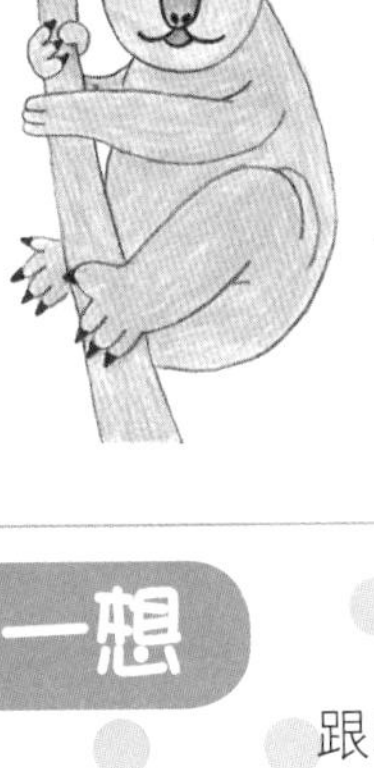

想一想

一提起树袋熊大家会想到什么？

可能会想到在树上睡觉的树袋熊的样子吧？或者是正在吃树叶的树袋熊？也许会想到跟观光客一起合影的可爱的样子吧？

袋鼠

袋鼠的肚子上有一只口袋，它活动的时候就把袋鼠宝宝装在里面。袋鼠后腿力量特别强，一蹦一跳地行走，最高可以跳13米，主要吃的是草。

1

用一些不太圆的圆圈来画袋鼠的鼻子、脸，然后画上两只耳朵，接着画袋鼠的身体，然后画身体下边的口袋和口袋里的小袋鼠。

2

把脸的形状改一改，耳朵画更具体一些，把眼睛的位置定好，再画上四条腿和尾巴。

3

然后具体把眼睛、鼻子和嘴巴画好，还有脚背也画上。

4

老师把这只袋鼠画成了中黄色。大家不一定要按照老师上的颜色来画哦。

小朋友们的作品欣赏

一群袋鼠在游泳场度过一段快乐时光。

一群孩子在动物园观赏袋鼠呢。

这幅画画的是三只袋鼠兜着自己的孩子在森林里漫步的情形。

画画看

孩子们，以上袋鼠的画法都看明白了吗？小朋友想象的画面都看懂了吗？
画要画得好，可是更加重要的是要懂得如何用画笔来表达自己的思想和感情。
下面大家就发挥想象，自由地用画笔表现一下自己的想法吧！

想一想

一提到袋鼠大家首先想到的是什么呢？
可能会想到动物园里的袋鼠吧？也可能会想到在森林里面在奔跑的袋鼠吧？

狮子

狮子被称作是百兽之王，10-20只一起生活，母狮子在外面捕食，公狮子看家。有着长长的毛发的帅气的狮子都是公狮子。

1

画个圆圈当作狮子的脸，用线条把两只耳朵的位置确定下来，再把头上的毛发画出来。

2

画好身体以后，轻轻用线条把眼睛、鼻子、嘴巴的位置都确定下来。

3

然后仔细把眼睛、鼻子和嘴巴都画出来，还有爪子也要画上，狮子是很凶狠的动物，所以它的眼睛一定要画出那种凶巴巴的神态出来。

4

老师把狮子脸涂上中黄色，而其他部位都画上橘黄色。

小朋友们的作品欣赏

狮子生病住进了医院。

凶狠的狮子抓到了一只兔子，兔子这下可要想办法逃跑了。

天上有星星和月亮，狮子爸爸和狮子宝宝都进入了梦乡，可是狮子妈妈在哪儿呢？这么晚了，狮子妈妈是为了给孩子们弄吃的而打猎去了吗？

画画看

孩子们，以上狮子的画法都看明白了吗？小朋友想象的画面都看懂了吗？
画要画得好，可是更加重要的是要懂得如何用画笔来表达自己的思想和感情。
下面大家就发挥想象，自由地用画笔表现一下自己的想法吧！

想一想

一提起狮子大家会想到些什么？
也许会想到公狮子和母狮子恩恩爱爱的场景吧？也许会想到动物园里狮子的模样吧？

老虎

老虎属于猫科动物，它身上一条条的纹路非常好看也非常独特。老虎主要捕食斑马、鹿、兔子等等。老虎很喜欢游泳呢。

1

先画老虎的脸和耳朵。

2

接着画上老虎的身体，轻轻用线条在脸部确定好眼睛和鼻子的位置之后，画上眼睛和鼻子，注意老虎下巴的胡子和四条腿要画仔细哦。

3

画上眼珠子、鼻子两边的胡子、爪子以及身上的老虎斑纹，这样就基本上完成了。

4

老师把老虎画成了橘黄色。

小朋友们的作品欣赏

老虎们在做饭呢。

呵，老虎跟狮子打架，到底哪个会赢啊？

老虎一家子正在水里游泳呢。

画画看

孩子们，以上老虎的画法都看明白了吗？小朋友想象的画面都看懂了吗？
画要画得好，可是更加重要的是要懂得如何用画笔来表达自己的思想和感情。
下面大家就发挥想象，自由地用画笔表现一下自己的想法吧！

想一想

一说起老虎你就想到什么呢？
山洞里呼呼大睡的老虎？或者是童话里打扮成老太婆的老虎？

森林里，一汪湖水，大象，马，猴子，熊都在那儿游泳。

远处有好多兔子在看热闹。小画家把作为画面主人公的动物们画得比较大一点儿，而把远处看热闹的兔子和树木画得比较小一点儿，这样画面看起来就更加生动一些。

小朋友想象的画面

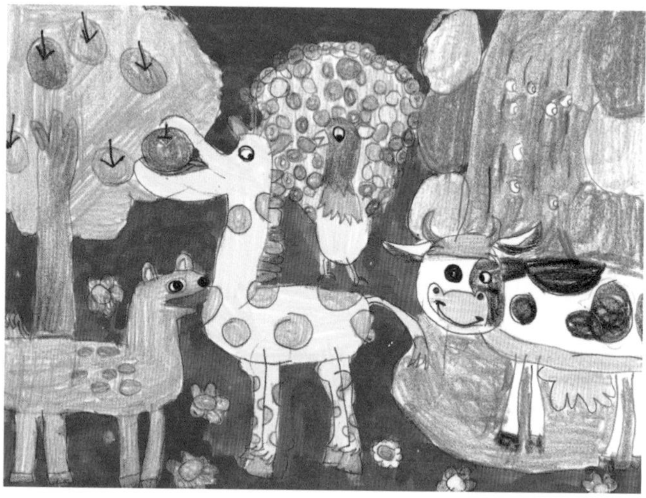

这位小朋友想象一处有瀑布的森林，这里有正在吃苹果的梅花鹿和长颈鹿，还有在瀑布下面乘凉的奶牛。

这幅画画的是野心勃勃的狮子当上了大王，正在欺负其他的动物呢，你看，他满嘴的牙齿多么可怕啊。

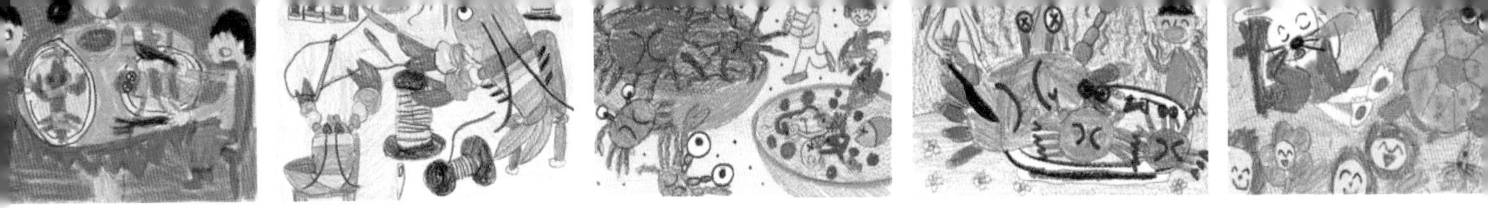

大家拿起画笔来自由地表现一下吧！

需要跟孩子父母确认的几个重点问题

1. 跟孩子们充分对话之后，是不是帮助孩子用画笔把他们自己的想法表现出来了？

是，否

2. 是否帮助孩子们摆脱固有观念来给动物、植物、水果上色？

是，否

3. 比起临摹成一模一样的画法，是否鼓励孩子充分表达自己的想法？

是，否

4. 是否帮助孩子们提高自己的眼界来表现动物的生活而不是简简单单画几只动物？

是，否

5. 是否没有把妈妈的想法强加给孩子？

是，否

6. 是否帮助孩子提高主题提升自信来画画儿？

是，否

回答6个是，说明你的指导方法非常好，正确地使用了这本教材，有可能充分地提升孩子们的创造性。

回答5个是，说明你指导得还不错。

回答4个是，只要再努力一把，你就能够成为一位优秀的美术老师了。

回答3个是，还要加油，画画儿虽然是孩子们的事情，可是还是需要父母的引导，加油。

回答2个是，看来还处在困境之中，要让孩子们提升眼界，还需要您更多的关注。

回答一个是，看来得从头来啊，这本书可不是只给孩子们看的，而是给父母和孩子一起看的，路还很长呢，加油啊！